Vamos al
dentista

PaRRagon

Bath · New York · Singapore · Hong Kong · Cologne · Delhi
Melbourne · Amsterdam · Johannesburg · Auckland · Shenzhen

Cómo usar este libro

Lee esta historia acerca de Lucas y lo que le ocurrió en su primera visita al dentista.

Mira bien cada una de las imágenes. En las actividades de cada página tendrás que buscar algo, contar objetos o pegar un sticker.

Puedes realizar cada actividad a medida que lees, o bien leer primero el libro entero y realizar después las actividades. Encontrarás las respuestas en la parte de abajo de cada página de actividades.

En algunas imágenes tendrás que poner un sticker para completar la escena o la actividad. Si te sobran stickers, puedes usarlos para decorar tu certificado o lo que tú quieras.

Lucas y su mamá van a ir hoy al dentista.
Para Lucas, será su primera visita.

Trata de encontrar esto en la cocina.

Mamá le sirve a Lucas un vaso de leche. «Así los dientes se te pondrán más fuertes», le dice.

Encuentra 4 objetos azules en esta imagen.

Pega aquí el sticker del osito de peluche de Lucas.

Después de desayunar, mamá ayuda a Lucas a limpiarse bien los dientes. Tiene un cepillo de dientes azul y una pasta de dientes con rayas.

¿Qué animal lleva Lucas en la camiseta?

Busca las cinco diferencias que hay entre estas dos imágenes.

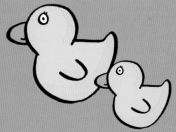

Solución:

En el consultorio del dentista, Lucas y su mamá se sientan a esperar. Lucas está un poco nervioso.

Busca estos objetos en la imagen.

Entonces ve a su amigo Mario
saliendo de la sala del dentista.

«¡El dentista me ha dado un sticker por tener los dientes tan limpios!», le dice Mario. A Lucas también le gustaría recibir uno.

Mira el sticker que lleva Mario en la página anterior. Trata de encontrar aquí abajo otro sticker exactamente igual que el suyo.

Solución:

La puerta se abre y aparece una enfermera.
«¡Te toca, Lucas!», dice.

Busca todos aquellos objetos con los que puedes limpiarte los dientes.

Solución: Puedes limpiarte los dientes con el cepillo de dientes, la pasta de dientes y también con la manzana.

15

«¡Hola, Lucas! —le dice el dentista—. Soy el doctor Blanco. Ven, siéntate en esta silla tan especial.»

Trata de encontrar estos objetos en la imagen.

El dentista presiona un botón ¡y la silla empieza a levantarse y a echarse hacia atrás!

El doctor Blanco le muestra a Lucas el pequeño espejo y la sonda que va a usar en la revisión.

La enfermera le da a Lucas unos anteojos especiales. «Son para protegerte los ojos.»

De estos objetos, ¿cuáles puedes encontrar en el consultorio del dentista?

Solución:

«Ahora abre bien la boca, Lucas», le pide el doctor. Lucas abre la boca todo lo que puede.

Trata de encontrar estos objetos en la imagen.

El doctor Blanco cuenta los dientes de Lucas.
Usa el espejo para ver bien la boca por dentro.

Pon aquí
el sticker del
cuadro del gato.

«Bien, Lucas. ¡Tus dientes están muy limpios!
—dice el doctor—. Puedes enjuagarte la boca.»

La enfermera le da a Lucas un vaso de enjuague
bucal de color rosa. Lucas se enjuaga la boca y
escupe el enjuague en un lavabo especial.

Mira bien la imagen de abajo. Indica dónde iría cada pieza del rompecabezas.

d.

Solución:

a.

b.

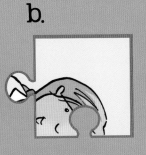

c.

«Cepíllate los dientes dos veces al día durante dos minutos», le dice el doctor Blanco. «Y no comas demasiados dulces», añade la enfermera.

La enfermera le da un sticker de un niño sonriente. «¡Es como el de Mario!», dice Lucas.

¿Ayudas a Lucas a encontrar la merienda más sana? Sigue el camino correcto hasta la manzana.

a.

b.

c.

Solución: El camino C es el que lleva a la manzana.

Mamá le da las gracias al dentista. «Adiós, Lucas.
¡Nos vemos dentro de seis meses!», le dice.

Señala el objeto de cada fila que es diferente de los demás.

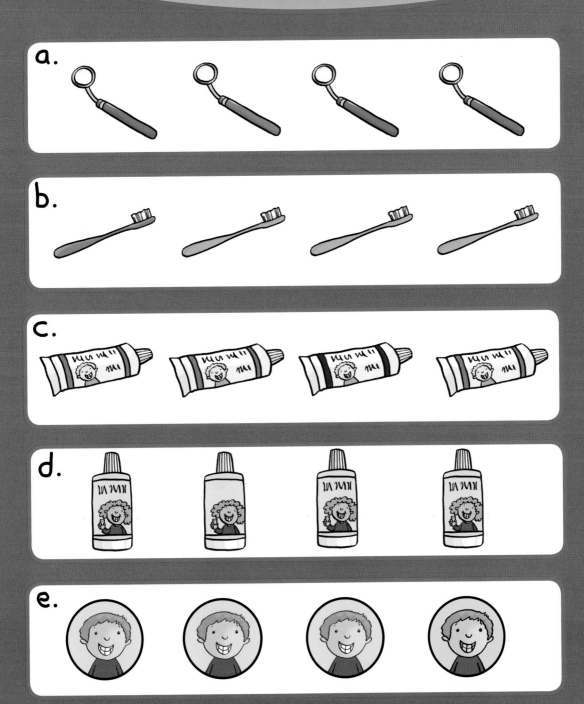

a.

b.

c.

d.

e.

Al llegar a casa, Lucas juega a ser dentista.
Los muñecos de peluche son sus pacientes.

Busca estos objetos en la habitación.

«¡Muy bien, Osito! ¡Tienes los dientes perfectos! —le dice Lucas—. Ya veo que no comes muchos dulces.»

Busca 3 stickers para completar esta imagen.

Sala de espera

Pon aquí el sticker de la rana de juguete de Lucas.

Antes de dormir, Lucas se cepilla bien los dientes. «¡Me gusta tenerlos limpios», le dice al osito.